*Dello stesso autore:*

A letto, piccolo mostro!

Mamma!

Il re è occupato

Il segreto di Lu

Sono io il più forte!

«Gli uomini si distinguono da ciò che mostrano
e si assomigliano in ciò che nascondono»
Paul Valéry

*Per Tania Ramos*

© 2006, l'école des loisirs, Paris
© 2006, Babalibri srl, Milano
Titolo originale *C'est moi le plus beau*
Traduzione di Federica Rocca
Impaginazione Architexte, Bruxelles
Fotolito Media Process, Bruxelles
Tutti i diritti riservati
Finito di stampare nel mese di luglio 2006
presso Grafiche AZ, Verona

# Mario Ramos

# SONO IO
# IL PIÙ BELLO!

Babalibri

Un bel mattino, l'incorreggibile lupo
si sveglia di ottimo umore.
E, dopo una ricca colazione, indossa
il suo più bel vestito.
«Mmm! Incantevole! Vado a fare un giretto,
così tutti potranno ammirarmi!» dice.

Il lupo incontra Cappuccetto Rosso.
«Oh, ma che delizioso vestitino!
Dimmi, fragolina di bosco,
chi è il più bello?» chiede.

«Il più bello… sei tu Padron Lupo!»
risponde Cappuccetto Rosso.

«È proprio vero: i bambini
sono la bocca della verità!
Io sono il più elegante,
il più affascinante!»
si pavoneggia il lupo.

Dopo un po', vede i tre porcellini.
«Ehi, cicciottelli! Sempre a saltellare nel bosco
per perdere peso? Ditemi, teneri porcellini,
chi è il più bello?» chiede all'improvviso il lupo.

«Oh! Ma sei… tu! Tu sei meraviglioso,
tu brilli come mille stelle!»
rispondono i porcellini tremanti.

«Eh, eh, eh! Io brillo e abbaglio.
Io risplendo e luccico.
Io illumino tutto il bosco
con la mia bellezza.
Sono una meraviglia», esulta il lupo.

Più tardi, incrocia i sette nani.
«Allora, mezze-porzioni, si rientra dal lavoro?
Ragazzi, il vostro aspetto è spaventoso!
Dovreste riposare un po'. Va beh…
sapete chi è il più bello?» li interroga il lupo.

«Il più bello… sei tu, Grande Lupo Cattivo!»
rispondono in coro i nani.

«Tatatà, tatatà!
Io sono la stella di questo bosco»,
canticchia il lupo.
«Oggi sono in forma smagliante!»

Poi incontra Biancaneve.
«Ma guarda chi c'è…
Povera figliola, come sei pallida!
Sembri malata. Comunque…
Osserva bene e dimmi:
chi è il più bello?»

«Ma io… beh… sei tu»,
risponde Biancaneve.

«Ah! Ah! Ma sì, certo!
Brava bambina, ottima risposta!
Sono io il re di questo bosco.
Tutti gli sguardi sono puntati su di me.
Grazie, grazie, caro pubblico» urla il lupo.

Infine, s'imbatte nel draghetto.
«Oh! Buongiorno… Che sorpresa…
La tua mamma è qui?» chiede inquieto
il lupo guardandosi attorno.

«No, no! I miei genitori sono a casa»,
risponde il piccolo.

«Ah! Perfetto, perfetto!»
dice allora il lupo rassicurato.
«Dunque dimmi, specie di cetriolo,
chi è il più bello?»

«Il più bello è il mio papà
che mi ha insegnato a sputare fuoco!

E adesso smettila
con queste stupide domande,
che sto giocando a nascondino
con il pettirosso»,
risponde il draghetto.